KB217155

쓸개
1

쓸개

1

강형규 글·그림

창작집단 동물의 왕국

네오카툰

하아…

배가 고프긴
한데…

쉬이이이잉

…

분명
식당이긴…
해…

… 그지?

배고파,
오빠…

일단 들어가
보자.

드르륵

… 계십니까?

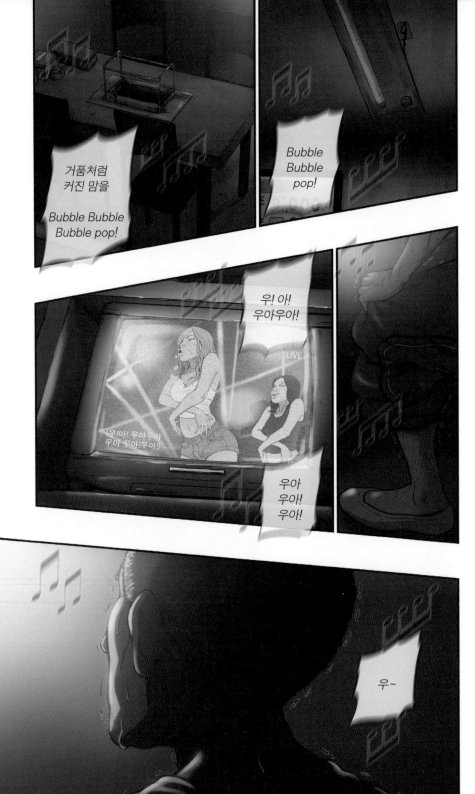

8

저기…

… 하나요?

장사…

…．

쟤…

쟤…

응?

누구냐…?

SDS HD
LIVE

(Bubble Bubble
Bubble pop)

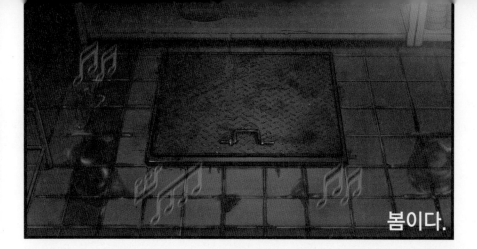

봄이다.

언제였더라…

확실한 건 그해,

내 또래들이
'내신등급제'라는 걸로
걱정이 많다는 소식을
들었다.

그해 봄부터…

난 사춘기를 앓았다.

내가 읽은 책 속
주인공들은

거시기털이 나기 전에
사춘기의 조짐을 보였다.

그해 난 이미 겨털도
풍성했다.

보통보다 늦은…

사춘기.

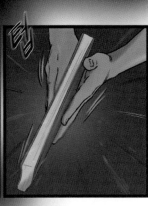

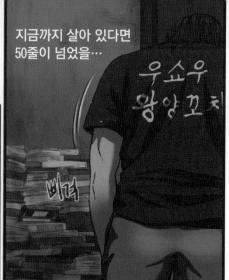

지금까지 살아 있다면
50줄이 넘었을…

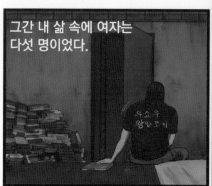

그간 내 삶 속에 여자는
다섯 명이었다.

서양 포르노 배우 세 명과

이복동생 희재,

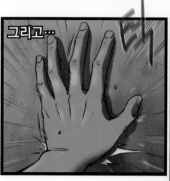

그리고…

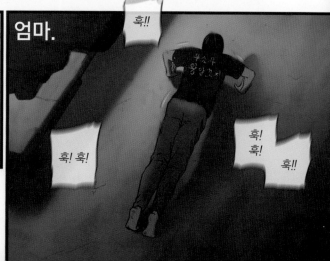

엄마.

훅!!

훅! 훅!

훅!
훅!

훅!!

기억 속의 엄마는 젊다.

흑!

흑!!

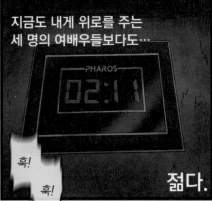

지금도 내게 위로를 주는
세 명의 여배우들보다도···

흑!

흑!

젊다.

그 생각이 든 이후, 테이프를
부숴버릴까도 생각했다.

나의 세 여신이
이제 할매라니···

하지만 부술 수 없었다.

흑!!

흑!

내 상상력이
그리 좋지 않아,

흑!

흑!

흑!

야한 상상 불가.

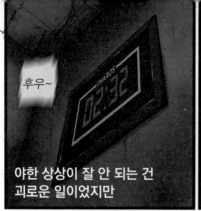

야한 상상이 잘 안 되는 건
괴로운 일이었지만

엄마의 얼굴이
가물가물한 건
축복이었다.

좋지 않은 상상력 덕분에

엄마가 덜 그리웠다.

엄마는 조선족이었다.
엄마가 살던 고향에선
이런 미신이 있었단다.

아기는 어미의 몸에서 떨어져 나온 살덩이이니,
신체 기관이나 신체 부위로 이름을 지어야 한다.
그래야 건강하고, 효도한다.

하아…

그 미신, 절반은
성공한 것 같다.

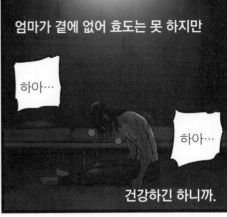

엄마가 곁에 없어 효도는 못 하지만

하아…

하아…

건강하긴 하니까.

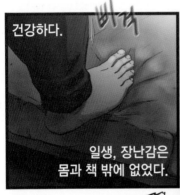

건강하다.

일생, 장난감은
몸과 책 밖에 없었다.

미신에 따라
붙여진 내 이름은

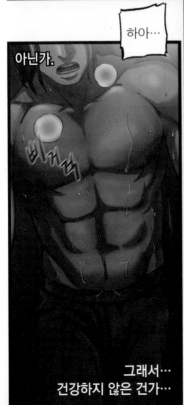

하아…

아닌가.

그래서…
건강하지 않은 건가…

쓸개.

인간의 신체 중,
굳이 필요 없는 장기 하나를
뺀다면

쓸개를 뺀단다.

난 출생신고가 되어 있지 않다.

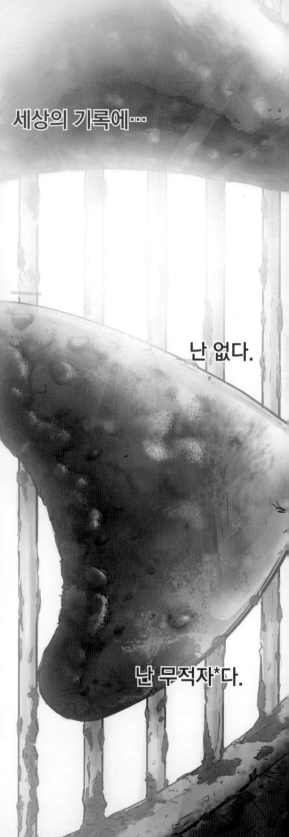

세상의 기록에…

난 없다.

난 무적자*다.

* 무적자: 국적이나 학적을 가지지 않은 사람.

일생을 이 식당에서 살았고,
이곳을 벗어난 적은
한 손으로 꼽을 수 있을 정도.

환풍기 사이…

이 한 움큼의 볕이
내겐 세상이었다.

그날…

나의 사춘기가
시작된 날…

사춘기의 발로가
성호르몬의 작용에서였는지,

신문 속 사진에서였는지
지금도 잘 모르겠다.

확실한 건···

그날은 유달리···
내가 남들과 다르게
속한 곳이 없다는 사실을
참아내기 힘들었다는 것.

그날의 쓸쓸함은 강렬했고,
너무 아팠다.

우쇼우
왕양 꼬치

난 그날부터 조금씩

우쇼우

그 쓸쓸함을 정면으로
응시하기 시작했다.

흐음…

거울 속 나를 맞대한 지가

몇 년째인가…?

잘 모르겠지만,

몇 번의 봄이 지난 것 같다.

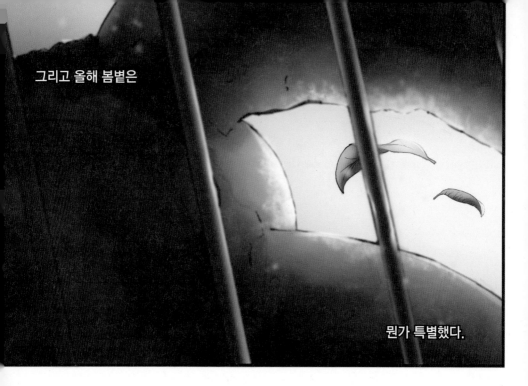

그리고 올해 봄볕은

뭔가 특별했다.

갈게요~

건강하세요,
사장님~!

하아~
별사람 다 있다,
증말.

그러게 말야.
킥킥.

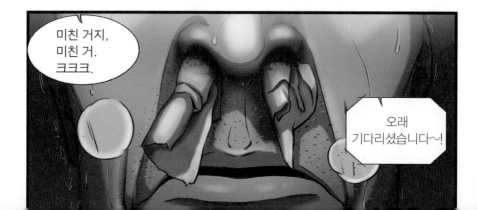

미친 거지,
미친 거.
크크크.

오래
기다리셨습니다~!

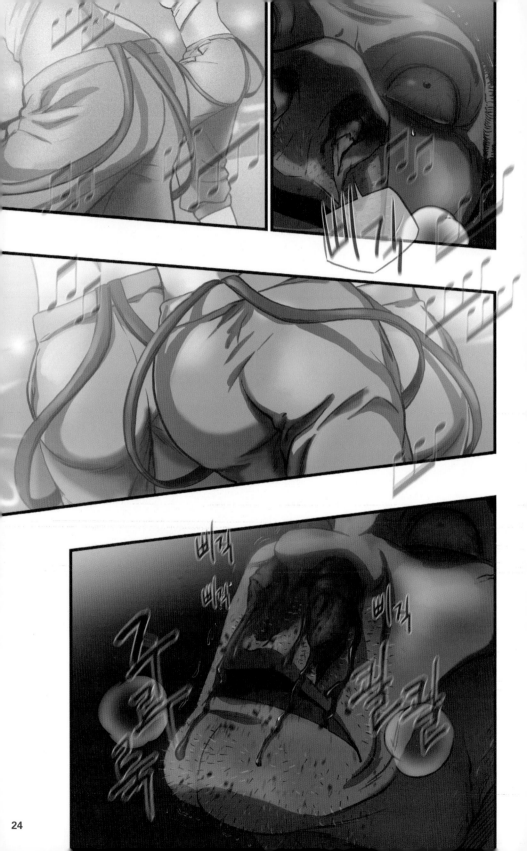

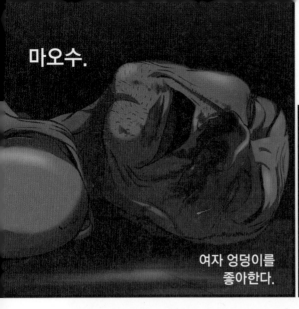

마오수.

여자 엉덩이를
좋아한다.

엄마가 연변에서
한국으로 왔을 때…

엄마를 구해준
사람.

나의 양아버지다.

대수롭지 않은 일이다.

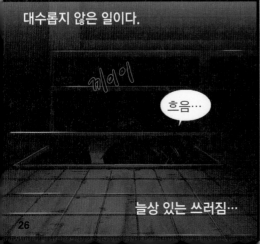

끼이익

흠음…

늘상 있는 쓰러짐…

철컹

하지만…

그날은
달랐다.

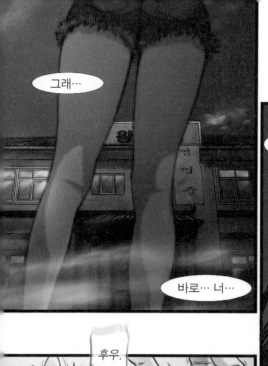

그래…

바로… 너…

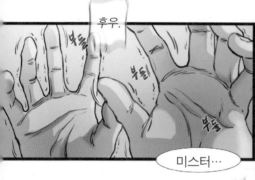

후우.

미스터…

후우.

내 옆으로 와…

오… 예…

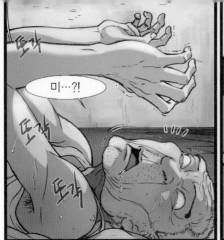

미…?!

후우… 응?

안녕!

오랜만~!

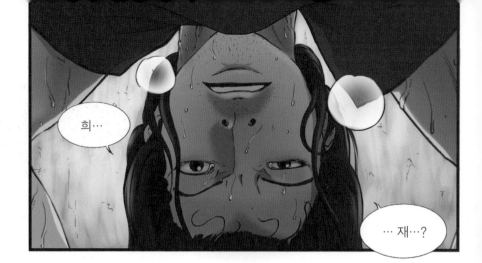

마희재.

마오수 세 번째
마누라의 딸.

마오수는 다섯 번 결혼했다.

이름대로 팔자가 풀린 거다.

재주 좋은 양반.

다섯 번 일을
치르다니…

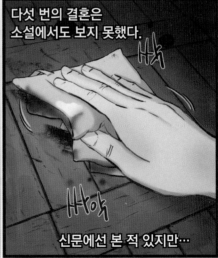

다섯 번의 결혼은
소설에서도 보지 못했다.

신문에선 본 적 있지만…

내 삶과 엮인
다섯 여자 중 한 명.

마희재.

쓸개 오빠.

눈사람
만들러 나가면
안 돼?

!?

...

마오수는 내 애비가 아니다.

내 애비는 연변에 있는 누군가.

흑…
오빠…

미안…
흑!

내가 괜히…
흑…

나가자고
해서… 흑…

희재와 난 남남이다.

오빠…

오빠…

어미도, 아비도 다른 남남.

희재 엄마와 마오수는

그래도 꽤 오래
결혼 생활을 견뎠다.

흐으음~

둘의 관계가 극단적으로
치달았을 때…

희재 엄마는
이 식당을 떠났다.

희재는 자신의 엄마가
떠나기 전까지…

참 많이도 울었다.

그때까진 자신의 연약함을
숨기지 않았던 희재다.

희재도 떠났다.

몇 년 후.

안녕?!

희재는 다른 눈빛이
되어 돌아왔다.

연약함에 닳아버린…

그래도 예전보다
좋아 보였다.

탁

드센 미소.

그날 희재는 '돈 냄새'에 대한
얘기를 했다.

돈이 되는 곳의 기운을
자기가 잘 느낀다나…

식당을 떠난 후 희재는

거리에선 돈 되는 일이라면 뭐든지 하고 있다 했다.

말 그대로 닥치는 대로…

그러면서 덧붙인 말이…

이상한 상상 하지 마!

그런 일 한 적은 없으니까!

…!

그런 일이란 뭘까…?

그날 난…

cafe 느긋

잠시 세상의 냄새를 맡았다.

희재가 하는 일은
네트워크 마케팅이라고 했다.

신문에서
본 적 있다.

신문에선
다단계라고 했다.

신문과 다르게 좋게 들렸다.

… 관심 없지만…

시간이 갈수록

팀장님 잘
안 넘어오네요
좀 와주시면
안 될

전송 후   ◀ 저장 ▶ 55
메뉴   * 가 aA 북 1

희재의 친구들이
늘어났다.

!?

그 일은
계속 하니?

….

으음…

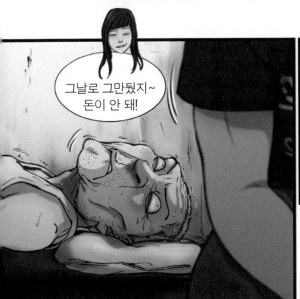

그날로 그만뒀지~
돈이 안 돼!

짜치게 그런 일
길게 할 수 있나~

그래… 돈.
돈 냄새.

희재는 돈 냄새를 잘 맡는다고 했다.

요즘은 뭐, 어디 돈 내 나는 데 없나…

그냥 둘러보며 쉬는 중.

그런 희재가 이곳을 찾았다. 몇 년 만에…

근데 아빠 왜 누우셨대?

어쩜 좋아 언제부터 저러셔?

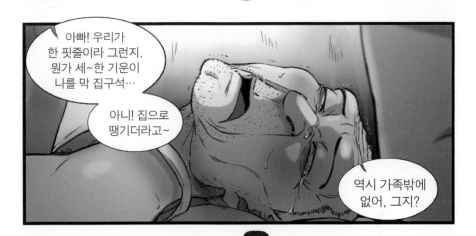

아빠! 우리가 한 핏줄이라 그런지. 뭔가 세~한 기운이 나를 막 집구석…

아니! 집으로 땡기더라고~

역시 가족밖에 없어, 그지?

아빠! 근데 이 가게 명의는 누구 앞으로 되어 있어?

이 가게 시세는 얼마나 돼?

아빠, 나 많이 컸지?

이 담요 치울까?

크어…

크어어…

으음…

… 그나저나…

45

오빠 이 가게
팔면 갈 데가
있나?

…

흠.

…

흐음…

여전하네…
그 눈빛…

세상은
모르고 책만
읽으니까 눈이
그 모양이지.

그러면
여자
안 꼬인다~

오빠 차~암
사람 불편하게 하는
눈을 가지고 있어~

그런 눈 요즘
인기 없어, 오빠.

불편해서
오줌이
다 마렵네.

화장실
예전
그대로지?

...

하여튼…

재수 없어…

쓸개야…

이제… 끝인가 보다…

….

문 닫아라… 할 말이 있다…

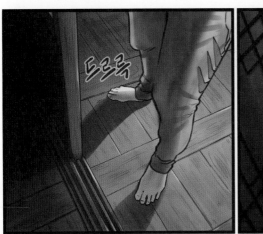

드르륵

드르륵

탁

잘 들어라…

쓸개야…

이건…

네 에미와…

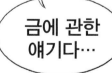

금에 관한
얘기다…

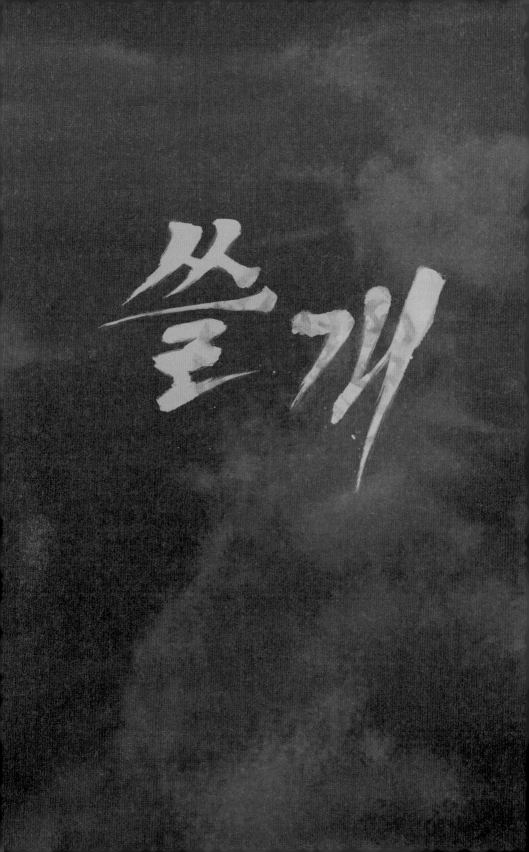

과거…

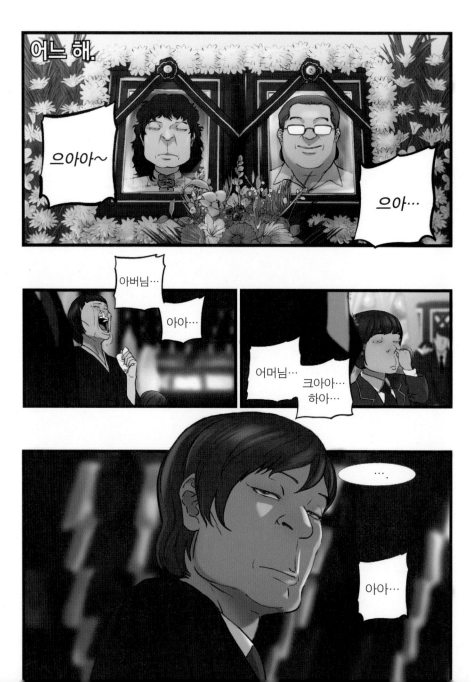

…

하이고야…
오수 마누라 음~층시리
스릅게 우네.

며느리 잘 됐다,
잘 됐으!

며느리 잘 두모
므하노? 한꺼번에
뒈지삤는데!

어허~ 거참.
말하는 뽄새하고는!

오수!
인자 자네가
집안 최고
어른이다이.

니가 인자
가장인 기라,
가장.

슬프다꼬
마음 헌덜이고
그라모 안 돼.

네…
안 흔들려요.

아무렇지도
않습니다.

….

그렇다꼬…

아무렇지도 않을 껀 또 뭐꼬.

네?

?!

척벅
척벅

….

주루룩

네에…

감사합니다…

근데…

누구신지…

흐흑…

흑…

저…

오수 씨
애인이에요.

아무리…
아무리
생각해도…

사람이
죽었는데…
흐흑…

안 오는 건
좀 아닌 거
같아서요.

….

므이라?
오수가 없어?

상주가 오델 갔다
말이고?

몸이 아파서
못 왔다네요.

몸이
아프다꼬
상주가 49제에
안 와?!

돌았나?
돌아서
돌아삐나?!

므이라아~?

뽀오뜨?!

지 애비 에미가
평생 번 그 재산으로…

뽀오뜨를 사?

오빠랑 낚시 갈래?

낚시요?

응. 무인도로.

에이~ 우리가 언제 봤다고.

날 너무 쉽게 봤다~

지도에도 없는 섬, 한국에 많~다.

완전 자연 그대로야.

너 그거 아니?

오빠 보트 있어.

난 어째, 맨날
이런 것들만 꼬일까…

…

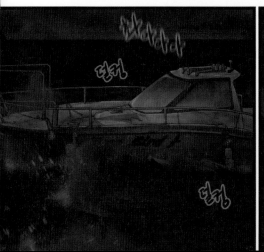

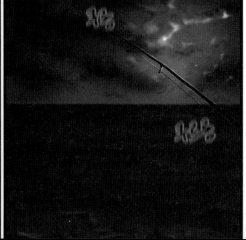

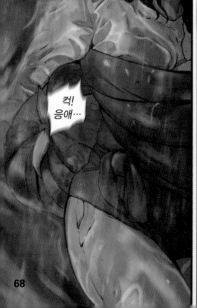

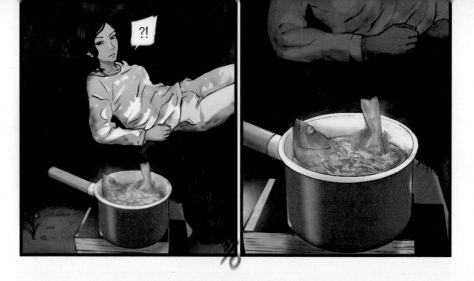

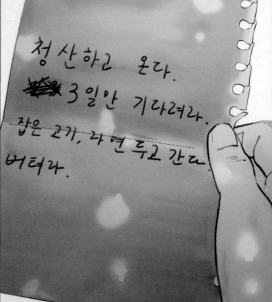

후우~

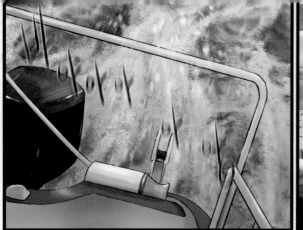

한국말
할 줄
알어?

다
청산하고
왔어!

이제
이 배만
팔면 돼!

... 훗...

웃샤!

딘겅

식사하지.

달그락

한술 떠.

먹어야 기운을
차릴 거 아닌가.

····.

혹시…

저 금 때문에
쫓기는 중인가?

난 돈 욕심 없어.
나 때문에 불안해하는 건 아니지?

….

저 금… 여기 있어도 되는 거 맞나?

위험한 거 아냐?

위험하지 아니한 돈이 어디 있소.

신경 끄시오!

… 하!

벙어리 아니었네?

여긴 외져서 사람들이 못 찾아~

불안해하지 마.

진짜야~ 여기선 대통령 얘기도 할 수 있어. 안 끌려가.

궁뎅이… 아니, 자네와 날 방해하는 건 아무것도 없어.

근데,
자네…

이름이
뭔가?

진짜…

여기 있음
아무도
못 찾습네까?

이름이
뭐야~?

….

찐하이징.

응?

김해정.

...

그럼…

합방은
언제 하나…?

...

개소리 말고
밥이나
처먹으시오.

...

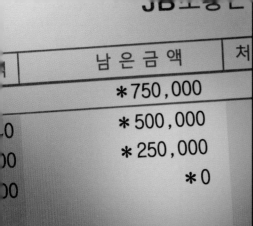

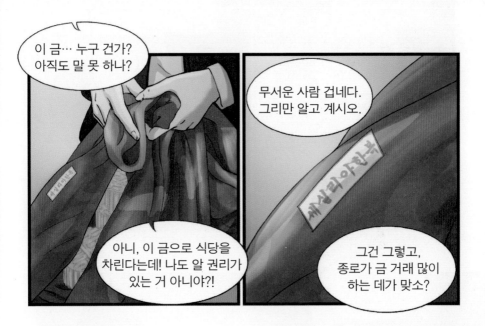

해정이!
돈이 뭐가 중요한가!
내 농사 지을게~

자네 그 궁뎅이만 있으면…
아니, 우리가 함께 있으면
추~웅분히 행복한데!

아, 자네!
정말 이럴 건가?

자네 이래 놓고
도망가려는 거
아니냐고?

아, 딴낭이
두고
가잖소!

어찌 사내가
그리 속이
좁으오!!

이 금은
돈이 아니오.

이런 금이 돈이
될라믄 많은 거짓부렁이
있어야 하지.

'돈으로 바까주시오' 한다고 돈이 아니 돼.

식당은 그쪽 이름, '오수'를 따서 지으면 되겠구만요.

'우쇼우'로.

...

…

자네,
식당 힘들지
않겠어?

금을 다 팔면
돈 걱정 없이
살 텐데…

그러다…
며칠 후에…

소문이 퍼졌나
보더구나…

아, 꼰대!!
쫌 크게.

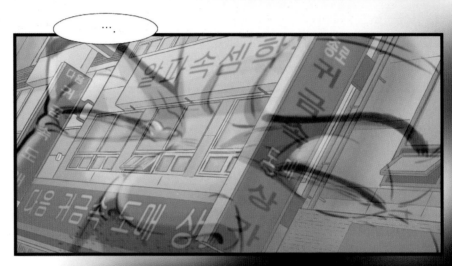

….

중국
여자였어요.

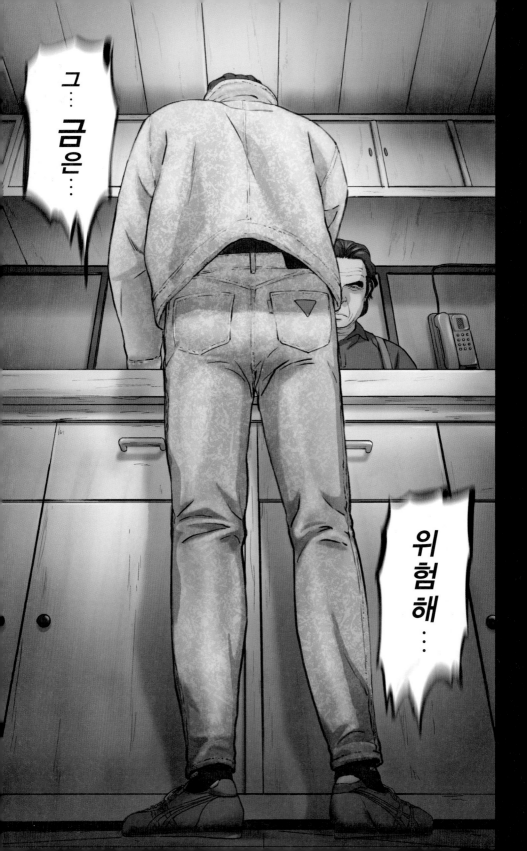

커헉!!

크어… 어…

그 금은…

….

밖으로 나오면 안 됐어…

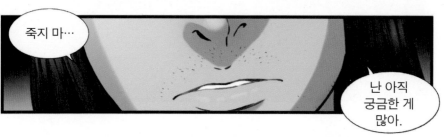

죽지 마…

난 아직 궁금한 게 많아.

엄만 어딨어요.

금은…

커헉!!

귀찮아…

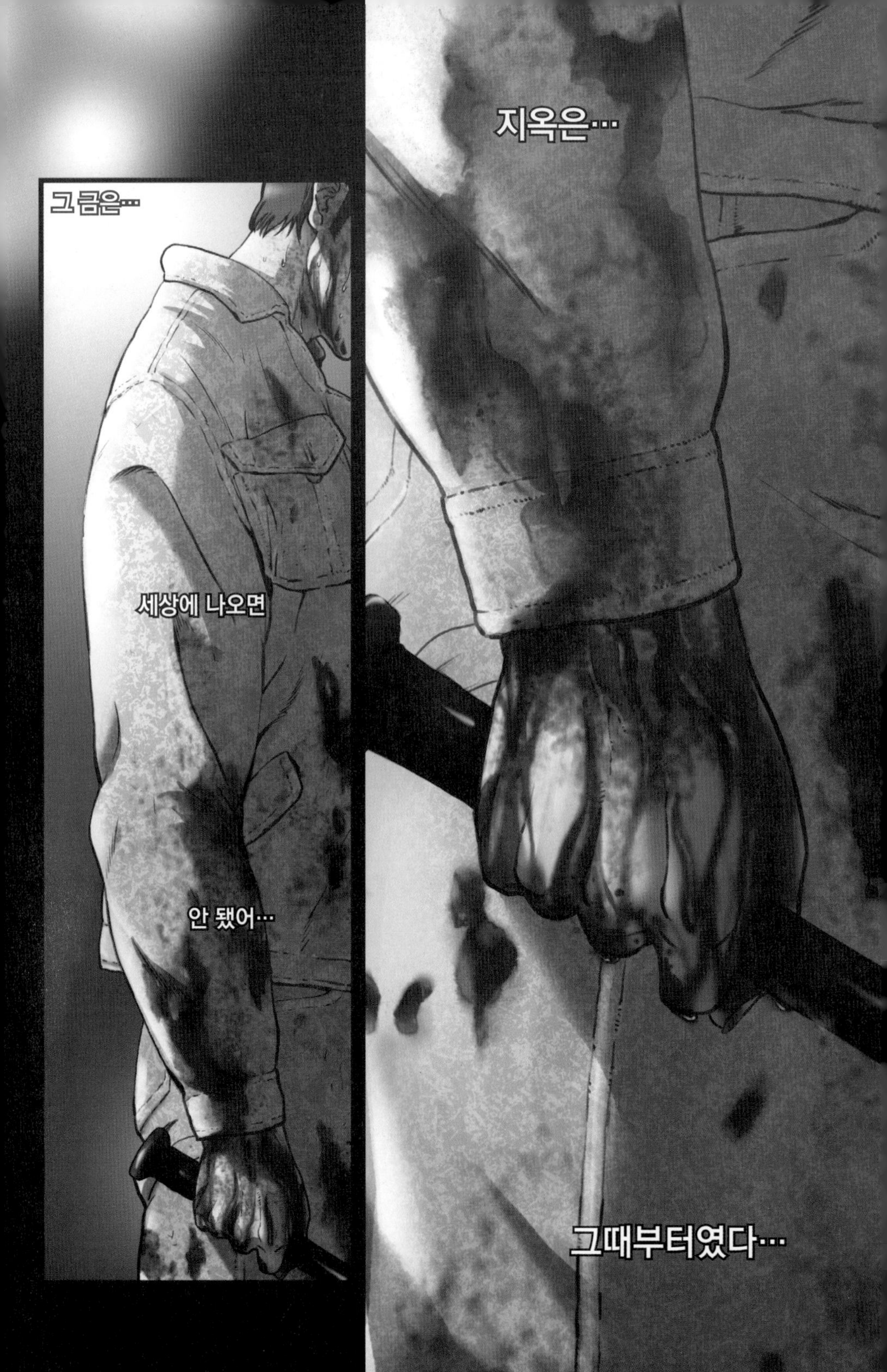

그 금은…

세상에 나오면

안 됐어…

지옥은…

그때부터였다…

금이…

어디 있냐면…

그 시절…
엄마는 항상 말했다.

외로운 남자에게 속지 말라고.

나쁜 새끼!
내가 덜컥 애가
생길 줄은
몰랐겠지?!

엄마의 말로는 마오수가
쓸개 오빠의 엄마를
많이 좋아했었단다.

나아쁜
새끼!

마오수가 쓸개 오빠 엄마가 없어져
만난 게 엄마라고.

그 시절의 난
마오수의 외로움이 낳았고,

으이구,
내 팔자야~!!

엄마의 외로움이 길렀다.

엄마.

쓸개 오빠는
밥 안 먹어?

시끄러!!

안 들린 다고오!

뭐라고?! 아빠!

어디라고?!

크으…

아빠!!

아빠아!!

금은…

귀찮어…

무서워…

… 흠!!

금이 귀찮은 게
아니라…

장물이라
귀찮았던 거지.

응?

지금 이 얘기…
15년도 더 된 얘기
아닌가?

그럼 이제
장물 아니야.

공소시효가
지났을 테니…

위험할 거
없을걸?

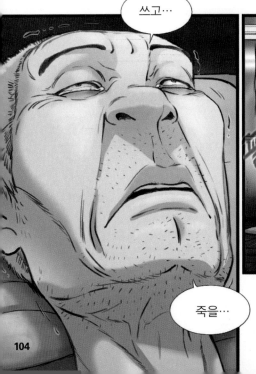

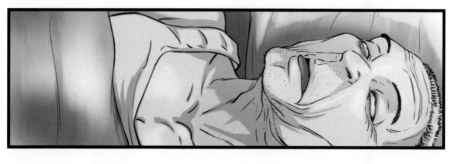

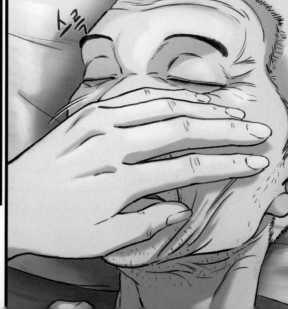

…

어디 가,
오빠?

금
어딨는데?

얼마나
된대?
많아?
많대?

금 있는 데
가?

거벅

거벅

오빠!
우리 가족
이잖아~

가족끼리
못 할 얘기가
어딨어~

얼마나 된대?
10억?

20억?

그만해.
위험해.
이 금.

….
넌 관심 꺼.

아,
뭘 관심 꺼~!
그래 놓고
오빠 혼자
먹으려고?!

위험하긴,
개뿔!

돈이 뭐가
위험해?!
돈인데!

돈인데,
왜!
왜!

오빠,
돈 욕심 있는
사람이었어?
그랬어?

….

확실히 난…

저 인간 싫어…

잠깐!

아까 뭐랬지?

갔다…

온다고… 했나…?

…

언제였나.

이 선을 넘어본 게…

금…

엄마의 유품…

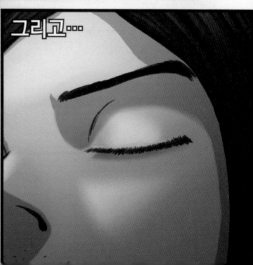

그리고…

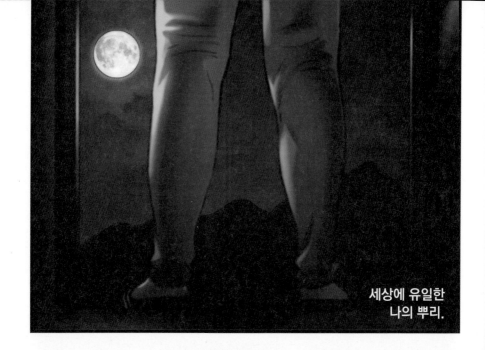

세상에 유일한
나의 뿌리.

흠…

그 금도…

나처럼 출처를
모르는구나…

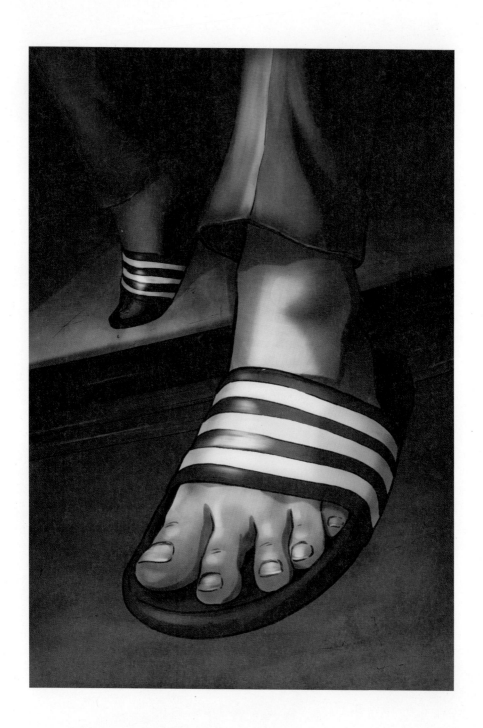

모르겠시오. 누기라고 전해줄까요?

동생?

네, 저 철수 오빠 동생인데요.

그럼 혹시, 오빠 휴대폰 번호 좀 알 수 있을까요?

사장님이 폰 번호는 아무한테나 알리주지 말라 했시오.

휴대폰으로 하도 이상한 전화가 많이 와싸서리.

근데 동생이 오빠 폰 번호도 모리오?

아… 그게… 하하…

제가… 동생이긴 한데…

오빠 오면
상 치르는 거 때문에
전화했다고
전해주시겠어요.

상 치…?
뭐시라요?

아버지…

돌아가셨다고요.

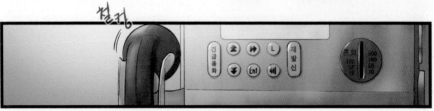

철컥

…

철컥

철컥

여보세요?

어, 희재니? 어디야?
이 전화번호는 뭐니?

엄마!
나야!

어,
몰라도 돼~
어디 왔어.

휴대폰은 어쩌고?
또 끊겼어?

아, 됐고!
엄마 치료는
받고 왔어?

아, 무슨 소릴
하는 거야~!!
내가 치료비 준대두~!
왜 병원을 안 가?!

내가 뭐 돈이 없어서
엄마 수술비를
못 줬어?! 줬잖아~!
돈 걱정 말라니까
그러네!

아, 나 돈
있다니까!

돈 걱정 말고
치료 빠지지
말라고오!

쓸개

으음…

… 금…

어딨어…

금… 응?!

우웅…

….

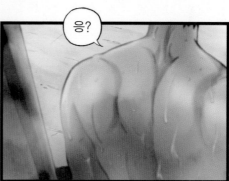

하아…
아아…

하아.

비틀

비틀

비틀

까악!

삐그덕

읍!!!!

으읍…
으…

저벅

저벅

으…
무거워…

힘들어,
이 씨…

우쇼우
왕양꼬치

하아…

무릎 다쳤네…

…

발목도 삐었거든?

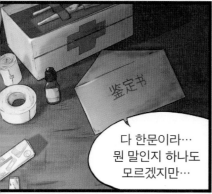

다 한문이라…
뭔 말인지 하나도
모르겠지만…

이 숫자만은…

알아보겠어…

400kg!!!!!

99.9%
400kg!!!!!!

이, 이게
몇 kg인데?!

… 10kg…?

그럼 거기에…

이런 게 40개가 있었다고…?

……

다 세어보진 않았지만…

왜 하나만 가져왔어?

거기가 어딘데?

흠!

샘플!

어디냐고.

……

흐음…

아! 그만 웃고, 인간아!!

이 인간이 오늘 왜 이리 실실 쪼개?!

어딨어?! 어딨냐고오!!

….

그나저나 참… 특이하게도 생겼다.

나 이 모양 가리봉동에서 본 적 있는데…

신기하다. 금덩어리라니… 어릴 때 동화책에서 찾던 보물이 이런 거일 것 아냐.

진짜 신기해…

동화에선 보물 찾으면 다 끝난 것 같고 그런데…

현실에선 그렇지 않다는 게 문제지.

우리 같은 보통 사람들에게 이 정도 양의 금은 마오수 말처럼 귀찮은 면이 있어.

처치가 힘들지.

동화에선 금을 찾고
끝나지만…

현실에선
지금부터가
시작이야.

오빠!
우리 이 금
녹일까?

엥?

웬 우리?

이 모양 그대로는 좀
찝찝하지 않아?
너무 튀잖아~

흠! 이 큰 걸
어떻게 녹여? 그리고
넌 관심 끄라니까.

전문가가 아니면
녹이는 게 쉽지도 않고,
빛깔이나 모양도 이상해져.

정제된 모양이 아닌
금은 의심을 사서
아무도 몇 억씩
주고 사가질 않아.

그렇다고 사람을 써서
녹이는 건
더 안 될 짓이고.

하여간…
쓸데없이
똑똑하기는…

이것들을 녹이겠다고
설치며 돌아다니면
파리들만 꼬이게 되지.

엄마도…

그렇게
생각했을 거다…

가뜩이나 위험한 물건인데
연변도 아닌 이국,

엄마의 판단은
나름 현명했던 거다.

한국 땅에서 물건을 자주
노출시키기 부담스러웠을 거야.

하지만 시기가 문제였다.

몇 개의 계절이 지나면서…

아니! 아니야…

긴장감이 느슨해졌던 걸까…

시간이 긴장감을
이완시킨 게 아니야.

마음속 불안이
커져…

결정적일 때
조급했던 거지.

빨리…

마음의 평화를
바랐던 거다…

더 때를 늦추거나…

아님…

마오수의 말처럼 세상에
나오면 안 됐다.

….

그렇다고
사람을 안 거칠
수는 없잖아.

그렇겠지… 하지만
최소화해야겠지…

큰돈이 걸린 일엔
누구도 믿어선 안 돼.

내 손으로…

깔끔하게…
세상의 높은 가치로…

온당하게
바꿀 거야.

…

그거였구만?
그래서 그랬구만?

?

오늘 오빠 되게
이상했어, 알아?

말도 졸라 많고…
다른 사람 같았다고.

오빠 입에서
'뭘 하겠다'라는 말…

처음 들어봐.

후~ 너무
설레지 마!

세상은
오빠가 읽은
글자들과는
다르니까.

…

뭐?

동생?

네, 자기가
동생이라꼬
사장님 찾았슴다.

여자라요.

아휴~ 이제 이것들이
나랑 통화가 안 되니까
별 시덥잖은 짓을
다 하네.

돈 빌려달라는 전화야~
다음부터 그 번호 뜨면
받지 마.

그런 거
아닌 것 같던데.

그라고 그 양반이
상 치라야 된다 했슴다.

띠우

아버지
돌아가싰따꼬.

쯧

집이고 뭐고
10원 하나 안 남기고
토끼면…

우리는 어떡하냐,
이 쓰레기 새끼야…

싸우기도 귀찮고…
긴말도 구질구질하다.

심플하게!
위자료 내놔!!

… 그럭저럭 되나 보네…
이 식당…

나 혼자 하기에…
식당도 나쁘지 않지…

….

식당이라 우연히 찾은 기요…
아님…

그쪽이 찾을라꼬
작정하고 찾은 기요…?

외져서 아무도 못 찾는다
안 했시오, 여기?

그쪽이 그랬잖소…
여서는 대통령 얘기를 해도
못 찾는다꼬…

뭐?

… 지랄 싸고 자빠졌네.

지랄?

...

야, 장차식이…
너 지금 나한테 그랬냐?

지랄? 나한테 지랄이라고?!

너 내가 우스워?
너 나 누군지 몰라?

TV방영
VJ 특전대

나 마철수야!

〈VJ 특전대〉 477회!
양꼬치 달인을 찾아서! 몰라?
양꼬치 달인, 마철수!!

쯔쯔쯔, 양아치
똥구녕 같은 새끼…
니가 교양 프로를
볼 리가 없지…

장차식, 너…

한 번만 더
나 무시해봐…

그땐 진짜루!

빵!!

….

쓰개

캬아~
우리 아름다운 마 형!

오늘 빠숀이 증말~

아름답다!
아름다워, 씨X.

그게 옷이요,
뭐요, 그게?!

일찍 왔네…?

거, 명품만 주렁주렁 단다고
퀄리티 생기는 거 아니라니까~

… 그만해라.
나름 다 신상인데…

… 어디 상갓집을
가야 돼서
정장 좀 입어봤어…

허어~ 참나!
껍데기가 첨단이며 뭐해~
사람이 6·25인데~

…

나름 내가 신경 써서 골랐는데~

이번에 보내준 조선족은 어때요? 쓸 만해요?

응… 뭐… 그냥… 그럭저럭…

… 뭐야?!
뭐 이리 반응이 뜨뜻미지근해?
왜?

아냐, 아냐…

마 형…

마 형은 날 그냥 동네 양아치로 보는지 모르겠는데…

남 쓰는 게 뭐… 내 맘 같을 순 없지…

….

나도 조선족 브로커로서 직업의식이 있는 사람이오!

내가 준 조선족 싫으면 한국 사람 써~

형네 가게 아니라도 우리 동포들 일할 데 많아~

내가 나름 A급만 보내주는구만!!

그래… 알아… 미안하다…

그나저나 바쁜 사람
왜 불렀소?

차식이, 너…

아…
어, 그게…

… 부자들 상대로 하는
일도 한다며?

…

아~따! 남들이 듣겠소!

조용히 살살
씨부리쇼!

아… 미안…
내가 컸나…?

후우~

그러면
마 형은…

내가 동네 구멍가게에
직원이나 대주려고
이 일 하는 줄 아셨소?

실제 돈 되는
일은 부자들 상대하는
일이야~

가끔 돈 많고,
이미지 좋으신
분들이 조선족을
찾고 그래…

그분들은
마 형과 다르게
배 타고 몰래
온 동포들을
좋아라 하지…

…

뭘 해도
흔적이 안 남는
동포들을…

…．

근데, 그런 걸
왜 물어요? 관심 있어?

어? 아, 아니…
그게 아니라…

그런 부자들…

그런… 진짜
부자들은…

만나보면 어때?

응?

막,
귀티가 흐르고…

품위도 있고…
그런가…?

149

하!

왜 물어, 마 형?!
왜 궁금해?!

되고 싶어?!
귀티 나고
품위 있고 싶어?!

왜?!

허허… 뭐…
그냥…

차식이…
형 진지하니까…
잘 들어줘.

응?

형이 테레비에
몇 번 나오고…

… 느낀 게
있다.

KBC - TV방영

형이… 전 국민에게
호감으로 다가갈 수도
있겠구나!

국민이 형을
간절히 원하는 날이
올 수도 있겠다!!

너 그거 아니?

형 검색창에 이름 치면 나와.
화제 인물로… 후끈하다.
양꼬치왕 히맨으로!

염색할까 봐.

그래서 형은…

꿈을 가지게 됐다.

국회의원 해볼
생각이다!

…

… 차암…

아름다운 형이야,
마 형은…

…

국회의원이고
나발이고…

직원들 궁뎅이나
만지지 마,
이 졸부 형아…

우왁!!

아아아악!!

…

차암…
아름다운 새끼…

지 애비 장례식
아니라고
옷 꼬라지 하고는…

태극기냐?

태극전사야?

하여간
쓸모없는 새끼.

그러니까
니가 쓸개인 거야~

오랜만이네?

철수 오빠.

음… 그래…
희재야.

희재
많이 커졌… 아니…

많이 컸네?

희재는 옷이
참 좋네…

우쇼우
왕양꼬쳐

영

오빠!
가제 장사는 잘돼?
유명한 맛집이라더만~

왜? 왜 물어,
남의 장사를?

그냥 안부 겸
묻는 거지~

거기가 가리봉동
조선족 거리지?

조선족 상대로 하는
장사인가?

야, 마희재!!
너 말투가 묘하게
꼬였다?

너 나를
조선족들하고 같은
급으로 보는 거지?!

아, 뭐래~!
피해 의식 쩔어~!!

아까부터 나한테
왜 짜증이야?! 그냥
물어보는 거 가지고.

아, 그러니까
너 왜 옷을
갈아 입어가지고
사람 심기를!!

게다가
쓸개 에미
옷을!!

전에 옷이
션~하고 좋더만…

….

155

야, 쓸개!!

너 빨리 짐 빼라!
이제 여기 내 거니까.

그리고! 니 그 잘난
조선족 엄마 짐도
싹~ 챙겨서 꺼져.

꼴도 보기
싫으니까!

아아…
이 가게…
이제 오빠
건가…?

당근 빠쓰지~!

그럼?! 호적에도
없는 니들 거니,
이게?

아빠 씨 중에 호적에
이름 오른 사람은
나밖에 없잖아~

아빠 재산은
다 내 거야~
… 재산도 별로 없지만.

왜?

희재 너
아빠 재산에
관심 있었냐?

하여간… 아빠한테
버려진 것들이
욕심만 많아가지고…

쓸개 저 자식은 이름까지
'쓸개'잖아. 저놈은
버려진 정도가 아니라니까.

쟤네 부모는 쟤를
원하지 않았던 거야~

그러니까 이름이 쓸개지!
세상에 나오면 안 됐거나,
싫었던 거지~ ㅉㅉㅉ…

야, 그리고!
아까 말하려다 못 했는데,
우리 가게 부자들도
많이 와~
조선족만
오는 게 아니라고.

우리 가게
퀄리티 있어, 인마!

무시하지 마!
알았어?!

하! 진짜… 듣자
듣자 하니까…

마철수 씨!
말이나 똑바로
합시다!
아빠한테
버려진 건
그쪽도 마찬가지
아냐?!

아니지~
내가 버려진 게 아니라,
우리 엄마가 버려진 거지~

…

7

흐으…

뼛속까지 쓰레기구만… 응?

쓸개 오빠! 같이 가!!

…

야! 희재!

마희재!

너 아까 우리 가게 장사 왜 물었어?!

너 내 돈에 관심 있는 거 아냐?!

오빠랑 같이 가리봉동 갈까?

….

따라오지
말라니까…

쓸개 오빠!

오빤 뭔가 크~게
착각하고 있어~!!

오빠 버스
탈 줄 알아?
전철은 타봤고?

오빠 나 없이
못 움직인다니까?

오빠,
당장에 차비 할
돈이라도 있어?

없잖아~

금 모양 바뀌면
안 팔린다매~

가방도
내 거구만~
나 초딩 때
쓰던 거!

금 쪼개서
차비 할래?

….

… 이상하다…

쓸개

바로 금은방으로
간다고?

종로
귀금속 거리?

너무 일차원적인
해결책 아닌가…?

엄마도 종로에서
30kg을 처리했어.

가능했다는
얘기지…

일단 우리는
금 거래에 대해
너무 아는 게 없어.

금 관련으로
아는 사람도,
기술도 없잖아?

이왕 정보도 얻고,
거래의 맛도 보려면…

오픈된 곳으로
가는 게 마음이
편할 거야.

어차피 이 금은
몇몇 사람을
거쳐야 해.

그럴 거면…

오픈된 광장 쪽
사람들이 더
안전하지 않겠나.

엄마도 그렇게
생각했겠지…

낯선 한국 땅에서 오는 불안감은
엄마를 종로라는 광장으로 유인했다.

뭐라 해도 엄마는, 종로에서
금괴 30kg을 현금으로 바꿨어.

절반의 성공은
한 거다.

엄마도…

이 길로
종로에 갔을까…

내 인생의…

첫 '일'.

이 금괴를 꼭…

세상의 높은
가치로…

166

온당하게…

바꿀 것.

자…

가볼까!!

이 감정은
불안감인가…?

왜지…?

첫 일에 대한

부담인가?

근데…

오빠 복장이
좀 튀긴 한다~

사람 이렇게
많은 거
처음 보지?
신기할 만도
하겠다.

이제 익숙해질 거야.

서울엔 사람이
징하게 많거든~

아… 음…

… 그건가…?

그래… 그렇겠지.

세상에 무지하니까…

내 마음속 근저엔…

세상에 대한
두려움이 있었을 거야.

이 불안감의 근원은…

낯설고 무지한
세상이겠지…

아무 데나
들어가자.

들어가서 금
거래 정보를
살짝 떠보지, 뭐.

잘 붙어
다녀~

서울은 눈 뜨고
코 베인다~!!

너무 들떠
있네, 오빠.

…

그래… 아니다.

불안의 근원은
낯섦이 아니다!!

최근…
난 들떠 있었다.

들떠서… 자신을
바라보지 못했어.

난 무지의 영역을 헤쳐가는 방법으로
엄마의 성공 전례에만 기댔다.

하지만, 엄마의 전례는
해결 방법이 아닌, 모르는 문제에 대한
내 마음의 도피처일 뿐.

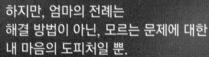

무지의 영역에서…

엄마의 반쪽짜리
성공 전례가 주는
안도감에…

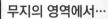

판단이 흐려졌다.

그리고…

공소시효가 끝났을 것이라는
금괴에 대한
어렴풋한 믿음…

이렇게 중요한 때에…
선택의 판단 기준을

불안감을 해소해주는
위안에 두었다.

감정이 판단한 선택으로
종로에 온 것이다.

정말 종로가…
맞는 답일까…?

오빠!

뭐해~?

...

까까

말씀드려~

···옴마···

들어와버렸네···

뭘 찾으시죠?

… 죄송합니다…

다음에 오겠습니다.

어? 왜?!

!!

….

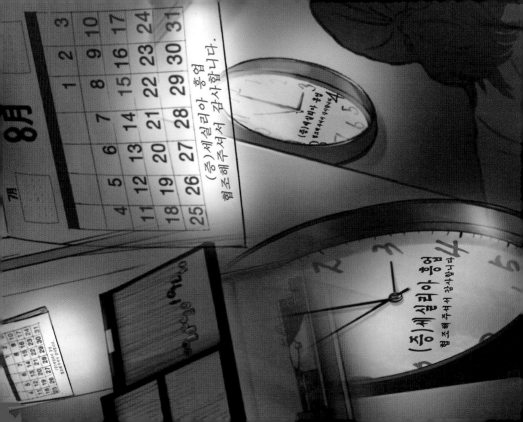

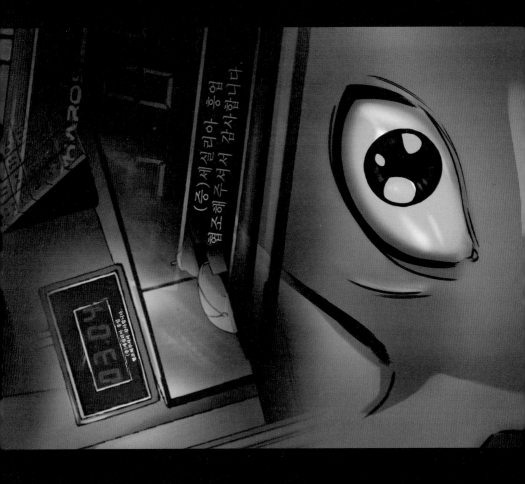

그 금은...

세상에 나오면...

안 됐어···

(증)세실리아 흥업
협조해주셔서 감사합니다

내 인생의…

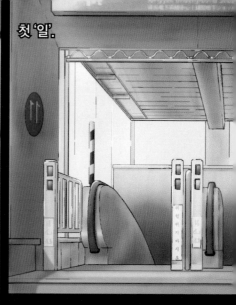

첫 '일'.

이 금괴를 꼭…

세상의 높은 가치로…

온당하게

바꿀 것.

새 삶의 첫 세상 나들이…

세상 곳곳을 모두…

눈에 넣고 싶었다…

… 마음에 담고 싶었다.

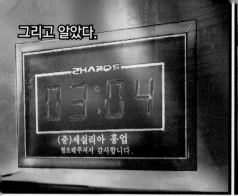
그리고 알았다.

세상을 꼼꼼히
밟아가기 위해선…

나를…

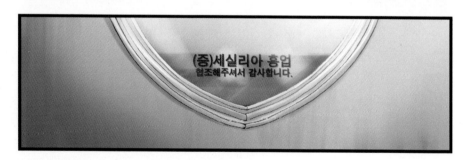

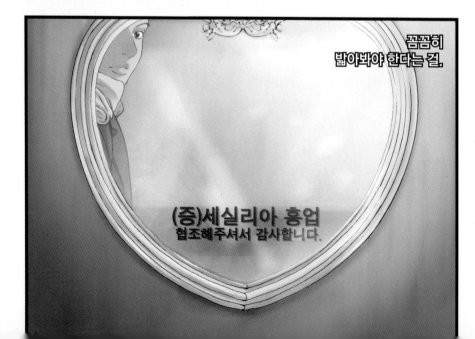
꼼꼼히
밟아봐야 한다는 걸.

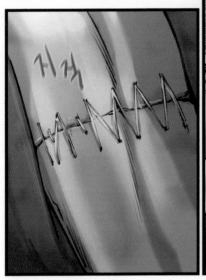

…

오빠?!

왜 그래, 오빠…

세실리아 흥업이…

… 뭔가요…?

…

….

후우~

왜요.

왜 물어요, 그걸?

그냥…
호기심…

!?

그쪽이 알 필요
없을 거 같은데~?

….

좋은 말 할 때
나가세요.

여기 그쪽이 올 데가
아니니까.

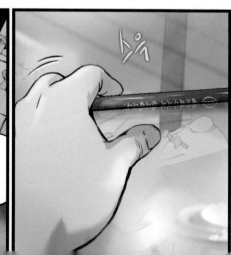

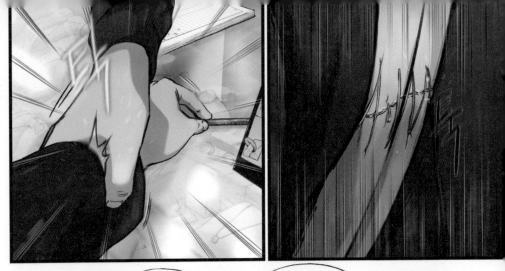

안 되지~

그거 펜심 뾰족한 거야… 내려놔.

냄새가 안 나서 노숙자 아닌 줄 알았더니…

뭐하는 짓이냐, 지금?

….

경찰 부르기 전에 이 손 놔라…

놓고 꺼져.

…죄송합니다.

뭐야~ 누구보고
노숙자래~?

우리 노숙자
아니거든요?

가자.

흥!
꼬라지 하고는…

뭐~어?!
꼬라지이~?

우리
꼬라지가
어때서?!

그리고!
꼬라지가 좀
별로면 어때?!

사람이 속이
실해야지!!

당신, 이 오빠가
얼~마나
똑똑한 줄
알아?!

!!

이봐…

잠깐.

그 가방…

안에…

… 든 거 뭐야?

어이!!

….

으~따, 우짠댜~
다 흘려부렀네…

아~형, 또
옛날 버릇 나온다!

땅에 흘린 건
그냥 버리라니까~!!

근디 저것들은 뭐여~?!
사과 한마디 않고!!

사장님!!
쟤네 뭐유? 노숙자유?

아… 글쎄요…
저도 잘…

종로가 서울역보다
물이 좋네.

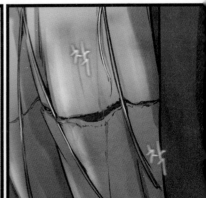

왜 그래, 오빠!
좀 천천히 가!

금은방 오려고
종로 온 거 아냐?

희재야.

응?

세실리아 흥업이
유명한 회사야?

응? 뭔 소리야?
그게 뭔데?

뭐 그런 거 있잖아…
삼성이나…

맥도날드나,
나이키나…

그런 회사들처럼
유명한 곳이냐고.

모르겠네…
처음 들어보는데.

거봐, 맞잖아…
신문에서 본 적이
없는 회사야.

뭘까…? 세실리아 흥업은…
뭔데 종로 금은방에 죄다…

일단 종로를
벗어나자.

어? 왜?!

희재 말대로
복장이 튀기는
하나 보네.

넌 또 왜 보는 건데…?

내가 너무…

과민한가…?

194

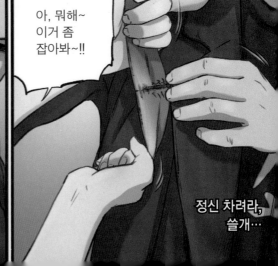

아앗!!

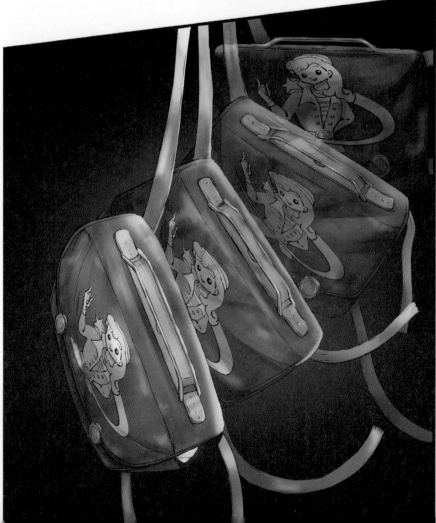

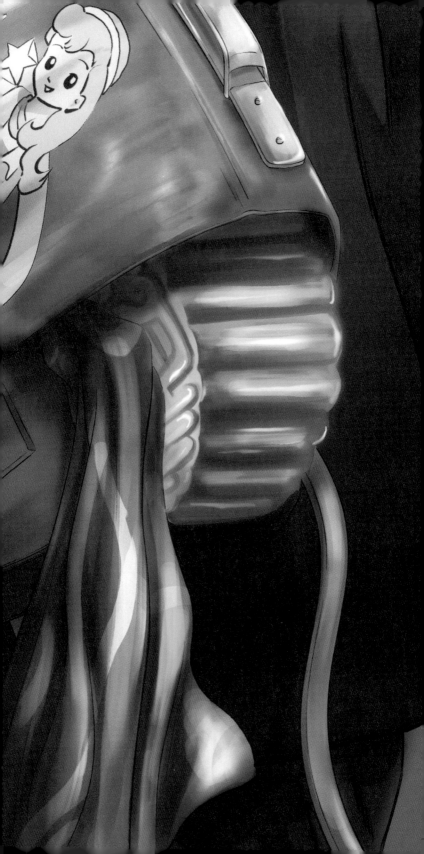

쿵

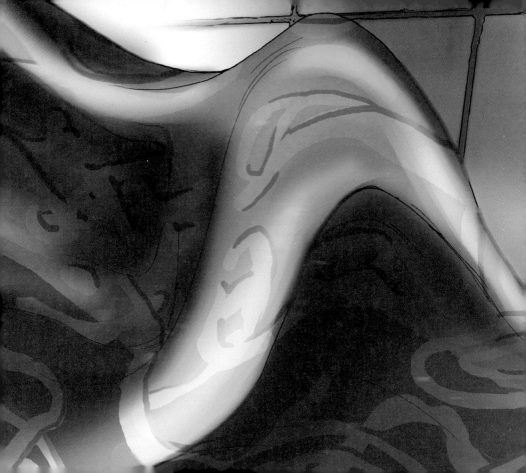

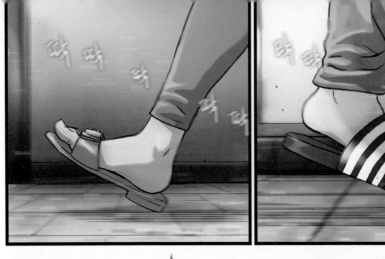

실장님!

종로에서
연락이
왔어요!

금을…

발견했대요.

…

… 사장님께
연락드려.

나만 단련했다.

난 그저
알 거 아는…

신생아다.

…

네, 여기
탑골공원 근처예요.

신호 걸려 있어요.
어디세요?

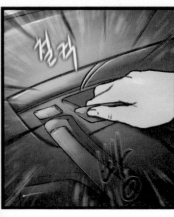

경찰!!

저놈 잡아!!

저놈이야!!

잡아라!!

나…?

나를…?

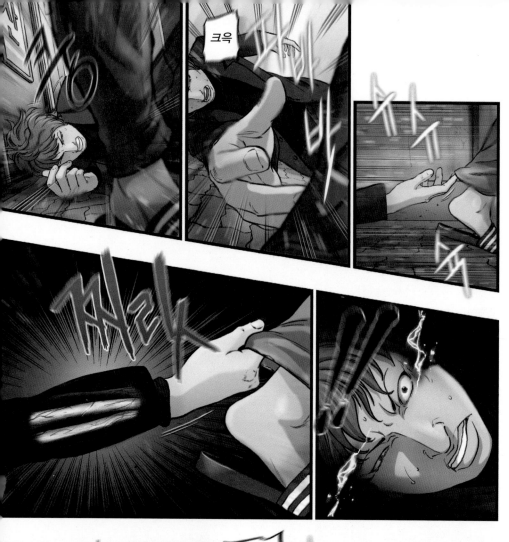

크윽

아이쿠야!
괜찮아요?!

형님!!

형니임!

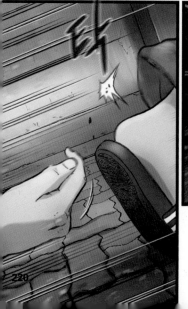

형님!!
괜찮으세요?!

어디 있어?!
찾았어?!

멀리
안 갔을 거야!
샅샅이
뒤져!!

놓쳤답니다.

조치를 취해
두었습니다.
금이 또다시
숨지만
않는다면…

그때는 반드시…

좀 성의 있게 쫓아보지그랬니…

니들… 놓쳤다는 소식을 너무 빨리 주는구나.

네? 아… 그게…

너무 옛날 얘기라, 니들은 실감이 잘 안 되지? 그 금…

아닙니다, 사장님… 서울로 다시 연락 넣겠습니다. 추격에 주력하라고…

됐다…

서울로 가자.

가장 빠른 편으로 표 끊어라.

하아… 하아…

다단계 할 때
너의 얼굴…
이제야
이해할 것 같다.

네가 살았던 세상이
이랬구나…

….

적당히 긴장하는 건
좋은데… 그렇다고 너~무
모나게 느끼지는 마,
오빠.

세상이 그렇게
팍팍하지만은
않으니까.

어떡할 거야, 이제?

애초에 종로에 온 이유는
광장이라는 안전함
때문이었잖아.

근데 종로가
이 모양이니…

오빠! 그냥
이 금 녹이면
안 되나?

후우~
안 된다니까~

아니~ 우리가 직접
녹이자는 게 아니라…

왜, 그런 데 있잖아!
이런 거 녹여주는…

제련소?

어, 그래!
제련소!!

어차피 이제
몇 사람 거쳐야 하는 건
불가피한 거 아냐~

종로도 물 건너
간 거면, 아예
제련소로 가자!

제련소에서 이걸
순순히 녹여줄 거 같애?
출처도 불분명한 금을?

보자마자
신고부터 할걸?

예전에 그런 기사를
본 적 있어…

모 정치인이 가진
금괴에 대한 기사…

낙인이 뭉그러져 있는
다량의 금괴를,

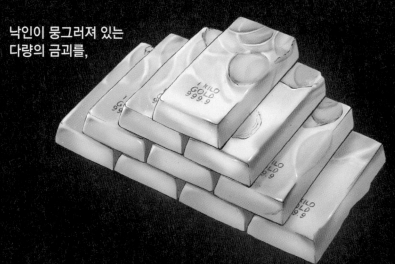

어떤 정치인이 제련을 하기 위해
전국 곳곳의 제련소를 찾아다녔대.

찾아가는 제련소마다
좋은 조건을 제시하며
금을 녹여달라 했다더군.

제시한 좋은 조건이란 게
뭐였냐면…

용광로에 금속을 녹이면
도가니 밖으로 금속 방울들이
튈 거 아냐?

그런 걸 그쪽 사람들은
'똥 튄다'라고 부른다는데…

그 금들을 녹여주면
고액의 제련비 웃돈으로
녹일 때 튄 '똥'도 모두 제련소 측에
준다는 조건을 제시했다는 거야.

밖으로 튀는 그 금 방울들도
모으면 만만치 않은 양이
된다더라고.

그런데 국내 모든 제련소가
그 제안을 거절했다더군.

한군데의 제련소에서 하루에
녹일 수 있는 금의 양이 정해져 있대.

그 이상의 양을 녹이면 불법인 건데…

제련소들은 그 정치인의 출처가
불분명한 다량의 금을 며칠에 걸쳐
녹인다는 게 영 껄끄러웠다는 거야.

기사에서는 그 금의 출처가
한국은행일 거라고 추측하더군.

정치인도 거절당했어,
제련소…

우리 금을 그들이
순순히 녹여줄 리 없어…

그래서 밀매도
힘들었던 거고…
어쩔 수 없이 녹이자는
얘기가 나왔겠지…

...

'온당하게'
바꿀 거라매, 금.

하아...
마철수 그 인간이
부자 좀 알 거 같은데...

내가 빠큐를 괜히
날렸나...?

...

왜 이 시간에
전화질이야, 이씨…

하여튼
싸가지 하고는…

아… 하하…

… 미안…

다른 게
아니라…

오빠가 오늘
그랬잖아~
부자 친구들 많다고…

….

휴우~

진짜 싫다,
이 인간…

철컥

가리봉동에
장차식이라고
'우리 같은 싸가지'가
있…?

뭐해, 오빠?

부딪혀보는
수밖에…

… 그래…

그 전에~
우리도 준비해야지~?

… 응?

보통 싹통머리 없는 게 아닐 거 같애…

철수 오빠가 말한 장차식이란 사람…

게다가 부자 상대로 벌어먹는 사람은 수도 높다니까.

하~아암~

우리 같은 사람들이 잘못 접근했다가는 홀라당 먹혀버려.

그 사람이랑 딜을 잘해야 돼…

… 그래…

한번 해보자.

내려!!

크으…

밧줄!!

밧줄!!

크으…

인삼!!

인삼!!

크으…

우웨엑!

크흡!!

네, 접니다!!

비아그라!!

비아그라는
누구야?!

박스
어딨어?!

박스는
뒤 배에
실렸습네다.

하아…

녹용!!

너냐?

…

… 네?!

너냐고오~

…

… 네…

씻겨라.

고춧가루~!!

쩝, 쩝.

…

한국 왜 왔는지
알지?

내일
만날 사람,
높은 사람이야.

너랑 말 섞을
사람 아니니까,
내일 만나거든
그냥 닥치고
있고.

… 높은 사람
이라고…

까오청 링따오!

… 내 말 빨라서 못 알아
듣겠으면, 그냥 몰라도 돼.

그런 표정 짓지 말고,
모르는 대로 있어.

…

….

이번 일 잘하면 너 3일 안에 통장 가지고 중국 갈 수 있어.

알지?

잘못하면 중국에 있는 네 마누라, 딸들 다 죽는다?

어제… 너네 어머니 주소도 알아놨다…

그렇게 알고…

… 잘하자.

장 사장 일부러
봐주면서 치는 거 아닌가?
공이 저런 데로 다 가고?

하하, 그럴 리가요…

우리처럼 정정당당한
사람들한텐 접대 골프가
기분 나쁠 수도 있어~

예, 알죠.
봐주는 거
아닙니다, 하하.

그래…

사람을 구했다고?

네…

일 끝내면…

바로 처리
가능한
사람이지?

아…
하하, 뭐…

당연히… 그렇게…
하하…

의원님 성함은
얘기 안 했지?

하하, 당연히…
그 친구는 누가
자기를 고용했는지
모릅니다.

허허허! 미안하네.
내가 나이가 먹으니
마음만 여려져서…
너무 촌스럽게
대놓고 물었네, 그려.

아닙니다, 실장님…
확인은 확실히
해두는 게 좋죠.

그래…
일시키기 전에…
내가 한 번 봐야
할 텐데…

네,
그러셔야죠.

아, 잠시만…
자리 좀
피해주실까?

야아~
장 사장, 이 친구…

241

골프 아주 잘 치네~

하하, 네…

으음…

… 근데 일을 못하네?

네?

이런 일… 튀어서 좋을 거 없잖나…?

저 친구처럼 이목을 끄는 얼굴로 무슨 은밀한 일을 한다는 겐가.

네, 마철수 사장한테
가겠습니다.

하아…

여보세요.
왜?!

형님, 사무실에
누가 왔습니다.

….

누구?

모르겠어요.

그냥 비즈니스로
왔다면서 사무실에
앉아 있어요.

이쁜데요.
헤헤헤.

… 미친 새끼…

그래서 사무실에
들였다고?

244

뉘슈?

야, 야!
뭐냐, 이게?

온 동네방네
자랑을 해라,
새끼들아!

물건을 이런 데
두면 어떡해?!

안 집어넣어?!

네, 형님.

!

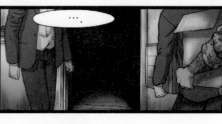

…

자…

그래서…

저희가 좋은 물건이 있어요.

그걸 사 갈 수 있는 부자를 소개시켜 달라고.

....

허어~ '소개시켜달라고'?

이 아가씨, 말이 짧네~

억지로 센 척하지 마~

자꾸 그러면 너무 귀여워서 일이 안 돼, 하하.

소개해주시고!

판매까지 단도리 쳐주시면 수수료 1할 드릴게요.

1할?

뽀찌가 1할?

아니, 왜 뽀찌를 그쪽에서 먼저 정해?

....

물건이 뭔데?

우리가
신뢰할 수 있는…
그런…

워낙 귀한
물건이라…

단순 부자가
아닌, 사회적으로
급이 있는
사람이어야 하는데…

훗…

왜 그런
부자를 찾나?

뒤가 구린
물건인가? 알려지면
안 되는… 그런 거?

으음…

뭐, 그런 거야 우리가
전문적으로 팔지~

우리야 뭐,
워~낙 입이
무거운 회사니까…

국내에서 해결
안 되면 일본, 중국,
러시아까지…

다 커버되니까…

그런고로…

뽀찌는 4할이 기본이라 생각하시고~

물건이 뭡니까?!

…

….

… 마약?

….

아, 비즈니스를 하겠다는 거야, 뭐야~?!

왜 말을 안 해?!

왜 숨기나?

….

숨긴다기보다, 우리가 얼마나 신뢰할 수 있을지…

금이요.

… 금.

…

… 양은?

많아요.

얼마나?

그냥…

많아요.

얼마나?

하…

부자 많이 알긴
하시죠?

얼마나?

…

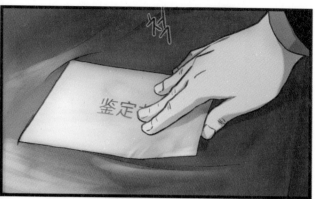

鉴定…

…

角认为是纯黄金
重量400kg的纯
据此双方协议

히야…

금 400kg…?

…

이걸
믿으라고오?

참! 손님이 왔는데 대접도 못 했네.

션~하게, 음료수나 한잔 가져와라.

으음...

너네 부부냐?

부부 사기단이야?

짜르르륵

아님, 남매인가?

소욱

여기 적힌 '찐하이징'이 누구야?

아가씨 이름이 찐하이징이야?

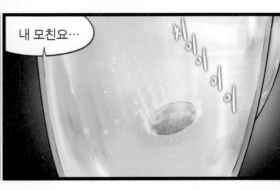

내 모친요...

치이이이이

으응~ 엄마가 중국 사람 이구나~?

그럼 너네도 중국 사람?

삐걱

가자!
말 짧고,
의심만 많네!

에~이~
어딜 가, 앉아~

누가 의심만
많다 그래~

그쪽도 의심, 장난
아니었으면서…

음료수나
한잔해~

션~하게.

….

내가
궁금한 건…

이게 왜
중국말이냐는
거야~

어떻게 알고
나를 찾아왔어?
가리봉동 구석에
있는 나를?

니들 주위에
나를 아는 사람이
있었어?

이 새끼들…

니네
조선족이지?

이것들…

서울말 연습
많이 했네~

위조는 잘했다야!
종이도 헌 느낌으로 내고.

근데… 아~무리
위조를 잘해도…

금 400kg은 좀 심하지
않니? 말이 되는 걸
써놔야 믿지~ 하하하.

타

어허~ 앉아!

들어올 땐 쉬워도
나갈 땐 힘들다,
우리 사무실.

특히 조선족에겐
더욱.

삐걱

입이 너무
거치시네.

우리가 원하는
사람이 아닌 것
같군요, 그쪽은.

실례했습니다.

하! 지랄~

니네
민증 좀 보자!

민증 까.
이름이 뭐야?

아 참, 얘들아!

오늘 만난
김 실장님한테
연락드려라.

내일 골프장서
미팅 다시 하자고.

점박이 말고…

깨끗한 애
있다 전하고잉~

자! 고객님!!

성함이 어떻게 되십니까?!

제 이름은 장차식입니다.

서로 신분을 확인해야 거래를 하겠죠?

크크크…

니들…

내가 중국에서 뭘 들여와서 파는 줄 아냐?

너네 같은 놈들 많~다!

부자 만나서 돈 뜯어낼 궁리만 하는 새끼들…

크크크…

…

최인훈.

응?

얘는 박경리.

굳이 신분을 알리고
싶지 않았습니다.

이런 식으로 접근하는 게…
좀 떳떳하지 못한 거
같기도 해서…

이름은 됐고!

민증 까봐.

요즘 누가 민증 가지고
다녀요! 그 얘긴 이제
그만하죠!

아니,
사람이 중요해.

그리고 대부분의
한국 사람들은 민증
가지고 다닌다.

물건이 중요하지,
사람이 뭐가 중요합니까.

그리고 포주한테 넘겨버릴 거야.

둘.

하나.

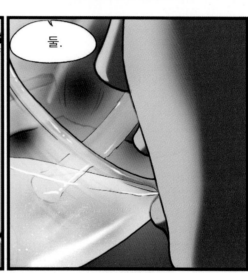

세…?

사장이요?

···.

··· 네···?

참!

취직하자마자
엄마부터 찾았지, 히히.

나 지금
엄마랑 같이
살아!

아…

… 그래…?

음… 그래.
건강하셔?

응!
건강해.

맨날 식당 밥만
먹으니까…

위장이
안 좋아지더라고…
너무 짜서 그런가.

뭐든 엄마 밥이
최고잖아~!!

267

하아…

후우~
씨X…

그래…

너 싸움 잘한다,
이 씨X새야…

…

후우~

진짜냐?

너 진짜
금 있는 거야?

윽…

크으…

금 어딨는데?

400kg이나
되는 물건이
어딨는데에~?!

끝났어요!!

우린 그쪽이랑 거래
안 할 겁니다!

지랄하네…

중국이 출처인
물건을 한국
어디에서 팔아?

나 아님,
한국에서 큰 중국
물건 못 판다.

큰 중국 물건은 내가
중간에 껴야 신뢰도도
높아지고, 제값 받아,
이 병신들아.

크으…
금 찾는 부자 많~다.

금이 없어서 문제지.

금 어딨냐?!

금부터 보고 얘기하자.

어디 있어?

보여봐!

400kg을 다 들고 움직이나?

….

하아… 씨X…
이딴 걸 묻는 나도 존나 한심하네!

부자부터 봅시다.

물건은 부자의 급을 보고 나서!

아… 씨X…
건방진 새끼…

내가 칼 잡으면
너, 나 감당하겠어?

야… 내가 너
못 죽일 거 같냐…?
우리가 싸울 때 맨손으로
싸울 것 같아?

지금 내가 너
살려주는 거야~
비즈니스 때문에~

나도 당신을
그 정도만 패준 거야.

비즈니스
때문에.

…

내일 두시 이태원
이슬람 사원.

늦지 마라.

내일?

그렇게
빨리 구해?

말했잖아. 금 찾는
부자 널렸다고.

…

아까 당신들끼리
말한 김 실장 아냐?

김 실장한테
뭘 파나, 당신들.

….

김 실장 아냐.

부자 많아.

흠!

조선족 많이
안다고?

뭐?

찐하이징…

들어본 적
없나…?

하아~

찐하이징…
김해정이~!!

그런 사람이
있었나~?

한국에 들어오는
조선족은 죄~다
내 손을 거치거든?

근데 그 이름은
못 들어봤네~?

엄마가
조선족 맞구나?

넌 아니고?

수배 때리면
금방 찾지, 우린.

조선족은 다
내 손바닥 안에 있어.
물어물어 찾으면
딱 나온다.

그 얘기는
내일 이후에 하지!

혹시 알아?
내가 찾아봐줄지?

내일 금 가지고
와라잉~

….

김 실장한테 연락해라.
내일 골프장 말고
이태원에서 보자고.
시간은
두시 반으로.

네.

진짜 금이 있을까요?

형님, 김 실장한테 넘겨준다 해도…

저 자식이 김 실장 일을 할까요?

내일 올 때 기집애도 같이 올 거야. 그때 기집애는 붙잡아둬.

하아~ 모르겠다… 일단 급한 불부터 끄자. 금 있음 더 좋은 거고.

… 그리고 찐하이징 수배 때리고.

흥! 지가 안 하면 어쩔 건데?

우리가 여자 둘을 쥐어짜버릴 건데.

하아… 사우나나 가자.

이 남자 아시나?

275

댁네 가게
옷을 입고
있었다던데…

…

그게…
저, 저는 잘 모르구요…

이 건너편 코너 돌면…
장차식이라는 녀석
사무실이 있거든요.

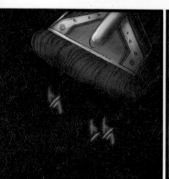

!

니가
장차식이냐?

수배 때리면
금방 찾지, 우린.

병원 갈래,
오빠?

치료해야지.

흐음… 병원…

궁금했었는데…
병원…

다음에 가자.
그때 구경시켜줘.

….

여보세요?

엄마!
나야, 희재!

밥 먹었어?

2권에서 이어집니다.

쓰개 1

© 강형규, 2014

초판 1쇄 인쇄 2014년 10월 28일
초판 1쇄 발행 2014년 11월 7일

글·그림   강형규 창작집단 동물의 왕국
펴낸이   정은영
펴낸곳   네오북스
출판등록 2013년 4월 19일 제2013-000123호
주소   121-840 서울시 마포구 서교동 396-33
전화   편집부 (02)324-2347, 경영지원부 (02)325-6047
팩스   편집부 (02)324-2348, 경영지원부 (02)2648-1311
E-mail   neofiction@jamobook.com
독자카페 cafe.naver.com/jamoneofiction

ISBN 979-11-5740-096-6 (04810)
      979-11-5740-095-9 (set)

이 책의 판권은 지은이와 네오북스에 있습니다.
이 책 내용의 전부 또는 일부를 재사용하려면 반드시 양측의 서면 동의를 받아야 합니다.